你想和书中的两位小朋友一起走访雾中那座神秘的房子吗？好极了。准备几支铅笔吧，等下你用得着它们。你将同艾格尼丝和托马斯一起去了解住在里面的人，他们长什么样子由你决定。你可以决定在房子里面看到了什么，还可以决定怎样完成书中最后的那些任务。

页边空白处的黄色文字会一路指引你。仔细研究一下书中不完整的插图和画面，然后把它们补充完整吧。六边形图案中的数字是你能使用的铅笔的软硬程度。如果你需要更详细的指导，请翻到第 58 页阅读。这是一本必须画完的书，由你给这本书画插图，你可以自己决定画面中出现什么内容，一切都取决于你哦。玩得开心！

（捷）埃丝特·斯塔拉 著
（捷）米兰·斯达里 绘
许照人 译

穿越神秘屋

这是一本~~需要~~必须画完的书

房间里似乎空无一人。托马斯很快就注意到房间里的特殊气味，他在任何地方都能闻出来。这是一个周六，通常是他拜访朋友的日子。她也住在同一幢房子里。如果其他男孩知道他和一个比自己小两岁的女孩共度早晨，托马斯很清楚他们会怎么说。但那又怎样？和她在一起肯定会更有趣！这时一个简单的问题打断了他的思路：

“你还要在那里站多久？我快闷死了！”

艾格尼丝穿着睡衣，从被子下面钻出来。她的长头发还没梳过呢。

“我们今天干什么呢？”他的朋友一边问他，一边赤着脚奔到窗前，把窗户打开。

“噢，天哪！快过来看！这也太夸张了！”

托马斯冲到窗前，吓了一跳。外面全部是白色的。

人行道、马路、建筑物、树木、汽车和行人都不见了，甚至天空也消失了。像牛奶一样的白色世界，什么都看不见。

“我从没见过这样的大雾。”他一边盯着白茫茫的窗外，一边说道。

“嗯，这雾真奇怪。”艾格尼丝站在窗台边表示同意，“又厚又重的雾气盖住了所有地方。”她犹犹豫豫地迈出第一步，走进了白色的雾中。接着她的脸上闪现出了愉快的笑容，跑了起来：“快来，托马斯，别害怕。这里棒极了！”

我是在做梦吗？还是我完全疯了？！托马斯心里有点乱。和艾格尼丝在一起的确很开心，但现在有点过头了。她莫非不想让我跟着她？各种疑问在托马斯脑中闪过，如同风暴中的闪电击打在地平线上。当他意识到自己也站在窗台上，还背着一张弓时，吓得呆住了。

“你还要在那里站多久？”没有尽头的迷雾中传出声音，他今早已经被问过一遍同样的问题。

虽然我不像艾格尼丝那样疯狂，但我也不是胆小鬼。托马斯用他的弓射出一支箭，更准确地说应该是绑着绳子的一个钩子。他屏住呼吸片刻，在呼气的同时听到大雾另一边的某处传来一声巨响。他拉了拉绳子，把一端紧紧地系在窗下的暖气片上，然后像走钢丝一样的出发，去追他的朋友。

“再走三步就到了。看，你像是个杂技演员！”艾格尼丝向他打招呼。托马斯站在一扇大窗户前，这窗户与之前他跳出去的那扇很相似。“进去看看吧，”她斜着身子进入了一个陌生的房间，“我们能进去吗？”托马斯还对刚才走钢丝那一幕有点后怕，因此无奈地表示反对：

“你认为我们可以进去？”

“当然了，毕竟窗是开着的！”

艾格尼丝光着脚丫，在空荡荡的房间里黑白相间的瓷砖上跳来跳去，脚步声“啪啪”地响起。

“哎哟，好冷呀！”她发出尖叫。

2B 4B 6B

艾格尼丝沿着地上的黑色瓷砖，跳跃着穿过房间。
把地上相应的瓷砖涂成黑色，帮她一下吧。

“不要发出声音！”她的朋友警告道。他悄无声息地跳到地上，像一个真正的探险家一样。艾格尼丝跳在那些黑色的方形瓷砖上，跳跃着穿过房间，来到一扇巨大的双翼门前。但就在她要用手去碰门把手的时候，托马斯坚决地阻止了她：

“你要去哪儿？我们还没到处打探一下呢。万一有人在那扇门后呢？你准备穿着睡衣冲进去吗？而且你的头发也乱糟糟的。”

他的策略奏效了。托马斯想拖延一下时间，他很清楚这是唯一可以阻止艾格尼丝的方法，那就是指出她外形上的不完美。哪怕是坐在水塘里，艾格尼丝也希望自己颜值无敌。

“我没梳子！”这是她第一次受到惊吓。

“给您，小姐。”托马斯一边说话，一边像位绅士一样从自己背后的口袋里掏出一把梳子。

“噢，托马斯，你真是一个宝藏男孩！”艾格尼丝咧开嘴笑着，开始用梳子打理自己的长头发。

HB 4B 8B

艾格尼丝在梳她的头发。梳好的头发和没梳的头发有什么区别呢？

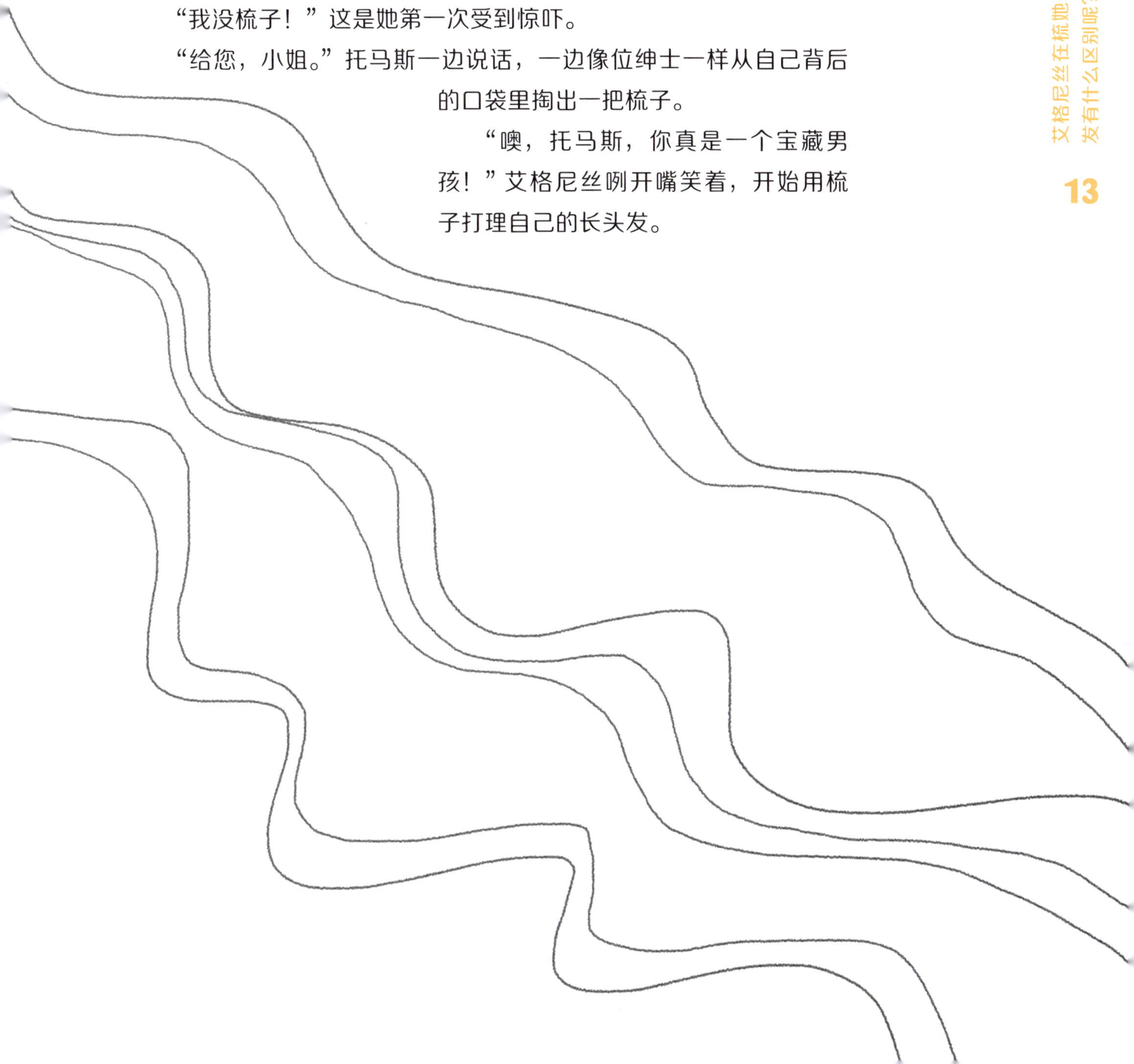

“我们能出发了吗？”托马斯询问道。

“稍等一下。”时尚女王咯咯笑着，走向房间角落里的一把扶手椅，然后从靠背上取下一块五彩斑斓的方头巾。她把方巾系在腰上，然后又穿上了旁边的一双鞋子。那双鞋子就像特地摆在那里等着她穿一样。“我就借用一下。”

她现在准备好了，只等着去转动门把手。

HB 2B 8B

艾格尼丝离开了房间。她有没有注意到门两边漂亮的墙纸呢？

他们进入了一条长长的走廊，中间地上铺着一条破旧的地毯。尽管地毯破破烂烂的，但孩子们还是被它奇怪的图案吸引了，这图案仿佛在诉说一个变幻莫测的精彩故事。在走廊远处的另一端，地毯终止在一扇不起眼的小门前。

走廊里铺着的地毯上满是奇怪的图案。把它们画完整吧，别漏下任何一个地方。

2H 2B 8B

在他们左边，是一排无穷无尽的双翼门，一路延伸着。门之间的墙上装饰着奇特的深色图画，配着华美的画框。在靠墙的基座上有一些放着干花的花瓶，还有各式各样的人物半身石膏像，要想知道这些人物有多伟大，就只能靠猜了。

他们的注意力被走廊右边几张座椅所吸引了，特别是上面坐着的一些人。他们看上去纹丝不动，茫然的盯着前方。

“早上好。”两个好朋友异口同声地向他们打招呼。但他们没有回答，也不回头看一眼。

“也许他们都在等着看耳科医生。”托马斯猜测道。艾格尼丝咧嘴笑了一下，小声说:“他们看起来确实像是在候诊室，但我想他们有不同的毛病。”为了以防万一，她躲在了朋友的身后。

穿过走廊的时候，没人理睬他们。他们在离那些像雕塑一样的神秘男女几步远的地方停下脚步。很难说清那些人年纪有多大，衣服上也看不出什么暗示。他们眼神空洞，发型十分奇怪。

艾格尼丝目不转睛的盯着其中的一个男人。他的发际线后退得厉害，因此在脑门上形成了一大块空地，但脑门周围却竖着厚厚的头发，看上去就像城堡花园里草地旁边的灌木丛。他旁边坐着一个满头大波浪的女人，她的卷发蓬松的散开，却在下边编起了粗粗的辫子。

托马斯盯着一个完全秃顶的男人，他的大脑袋上长着像鞋刷一样的胡子和眉毛。

他旁边的人留着小胡子，看的出来，他曾经仔细打理过自己的小胡子，但现在胡须已经任性地耷拉在没有刮干净的下巴上。旁边还有一个深肤色的女人，她的头看上去像是塞在了一个巨大的毛茸茸的球里。

“还好我梳了头发。”艾格尼丝忍不住笑他们，因为她看到了各种各样的古怪发型。

这时，孩子们注意到那些坐着的人开始动起来了。他们看上去好像刚刚睡醒。

“早上好！”孩子们又试着打招呼。

“早，早上好，嗨，你好，早。”他们中有人回答。两个男人小声咕哝着，而一个看上去已经醒了的小个子女人尖叫起来：

“你们在这儿干什么？”

“我们在房子里四处逛逛，”托马斯没怎么想就回答道，“但你们在这儿干什么呢？你们是谁？”

“我们是作家，我们在等灵感。”

“我的灵感都是睡前来的。”托马斯为了让对话继续下去，就这样说道。

“好主意！”他们一齐脱口而出，然后站起身来，匆匆走了。

“他们去哪儿呀？”托马斯不解地问道。

“他们去睡觉了。”艾格尼丝毫不犹豫地回答道。

有着奇怪发型的作家们并排坐着。或许某个疯狂的美发师对着他们的头发放飞自我了。

透过大窗户，孩子们看着作家们急匆匆地消失在街上的人群里。

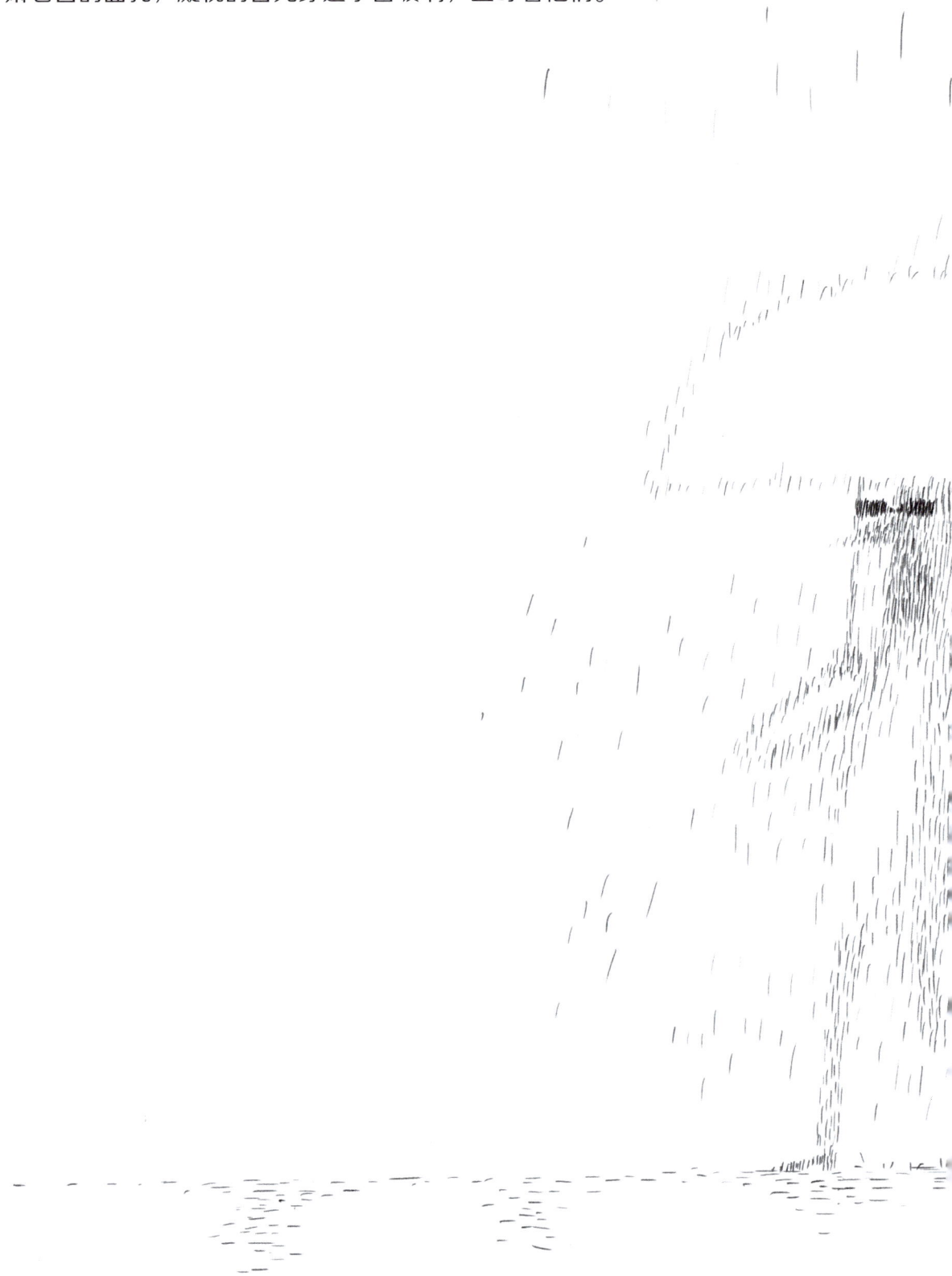

迷雾已经消散，现在开始下雨了。外面的人越走越快，并打开了他们的伞。

千篇一律的伞面沿着街道流动，如同人行道上汇成小溪的雨水一样。

“我们现在去哪儿呢？”托马斯问道。就当他准备从窗口走开时，灰蒙蒙的雨中有一张严肃苍白的面孔，凝视的目光穿透了窗玻璃，直盯着他们。

大雨把外面的世界溶解成千千万万条线。
街上满是人群和雨伞。

2H 2B 4B

“我们得赶紧从这儿出去！”托马斯抓住了艾格尼丝的前臂，把她拖向最近的一扇门。

门没锁，太好了！他们冲进一道门，并迅速的关上。砰！孩子们站在了一个小房间里，瞠目结舌地看着数百枚邮票在空中飞舞。

“喔，不！风吹进来了！”

“对不起。”孩子们轻声说道。他们四处张望，看看关门时带进来的穿堂风把谁惹恼了。一个矮胖的小个子男人弓着身子，正伏在一堆破破烂烂的旧集邮簿后面。他气喘吁吁地从凳子上爬下来，转向孩子们：

“噢，其实没关系。别介意！快进来吧。”

“什么叫没关系？”艾格尼丝在生自己的气。“我们得花上一整天把这些邮票重新整理好。而且天知道我们能不能把它们都找回来。”她愁眉苦脸地说，边说边从托马斯的头发里取下一枚印着鸟的邮票。

4B 6B 8B

集邮家的集邮册有着各式各样的封面，有的粗糙、有的光滑，有的浅色、有的深色，有的有图案、有的没图案。

“我的收藏太糟糕了。根本没人看，也没人感兴趣。我的收藏完全是无用功。”

“你怎么能这么说？”托马斯疑惑地问道，他正看着一系列双翼飞机邮票。

“这些邮票真是精美！如果我收到一封贴着这样邮票的信，一定会开心的跳起来。”

“一封信？啊，对，信。孩子，你说得没错。我在这堆集邮簿里坐太久了，都不记得邮票是干什么的了。我已经很长时间没有收到信或是明信片了，但我还记得它们总是让我非常愉快。”

世界上有数以百万计的邮票。集邮家的收藏范围很广，只不过当下没有整理好罢了。

HB 2B 8B

2H 2B 4B

集邮家是一个老人。他的手近看会是什么样的呢？手上会不会有皱纹、汗毛和胎记，还戴着一枚戒指呢？

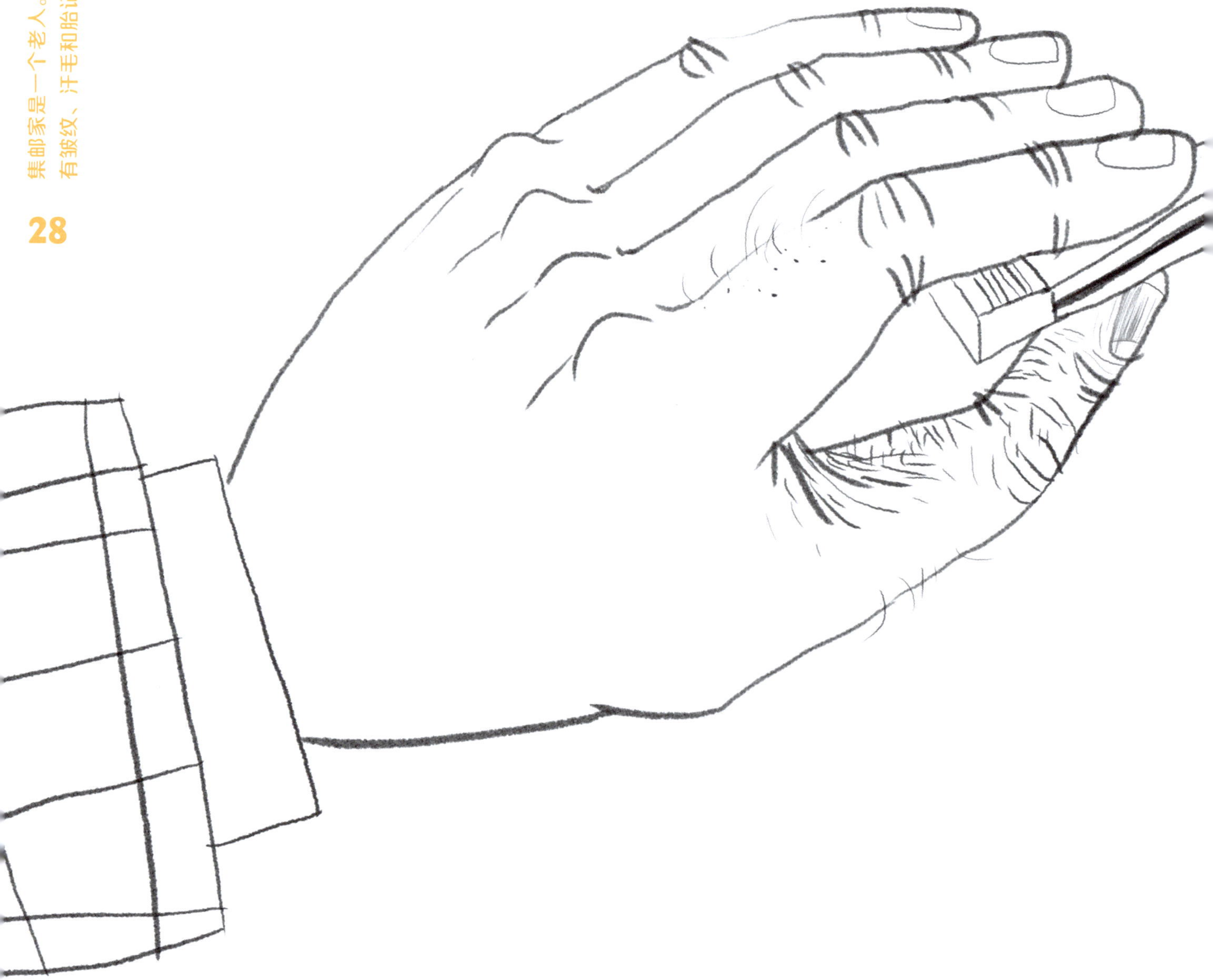

“那我们写信吧。不是指你，是我来写信给你！你会收到的。能给我你的地址吗？”托马斯狡黠地问道。

集邮家激动地眨着眼睛，急忙在一张纸上潦草地写了起来。随后他坚定地走向有双翼飞机的集邮簿，取下了最好的一张，说道：

“如果你没有邮票的话……”

“好，我当然会收下这张。”托马斯笑道。

“我们能偶尔再来玩吗？”在准备走的时候，艾格尼丝问道。

“那将是我莫大的荣幸。”小个子男人充满激情地回答。他试着想鞠躬，但肚子太大，所以弯不了多少。“只有我的房东才会来看我，他叫空心男。但他的来访让我完全开心不起来。”他又加了一句，随后陷入沉思。就在他看上去被自己的话吓到的时候，突然说了句：“再见！”然后就匆匆在孩子们身后关上了门。

2B 6B 8B

有巧克力味的蛋糕坯子和海绵蛋糕，还有香草味的，上面点缀着坚果和葡萄干。它们都是圆形的。

“你闻到了吗？”托马斯深深吸了一口气，然后沿着走廊跑了起来，从一扇门跑到另一扇。

“你就像条猎狗。”艾格尼丝笑道，但她也被香草、肉桂和其他甜甜的味道吸引住了。

“这儿！”托马斯说道，他开始敲门。

“请进。”门里传出一个惊讶的声音。孩子们还没等她开口就进去了。柜台里全是各种好吃的东西，后面站着一个甜点师。她不耐烦地问道:“你们来买蛋糕吗？”

“好吧，如果你非要我们买的话。”托马斯说道。艾格尼丝马上戳了一下他的肋骨。

“说实话，我们是跟着味道过来的。”小姑娘如实承认。

“哎，”甜点师失望地叹了一口气，“没人想要蛋糕，他们最多买一些无聊的小圆面包。但我这里可以定制各种精美的蛋糕。有时候生活也需要甜蜜一下。”

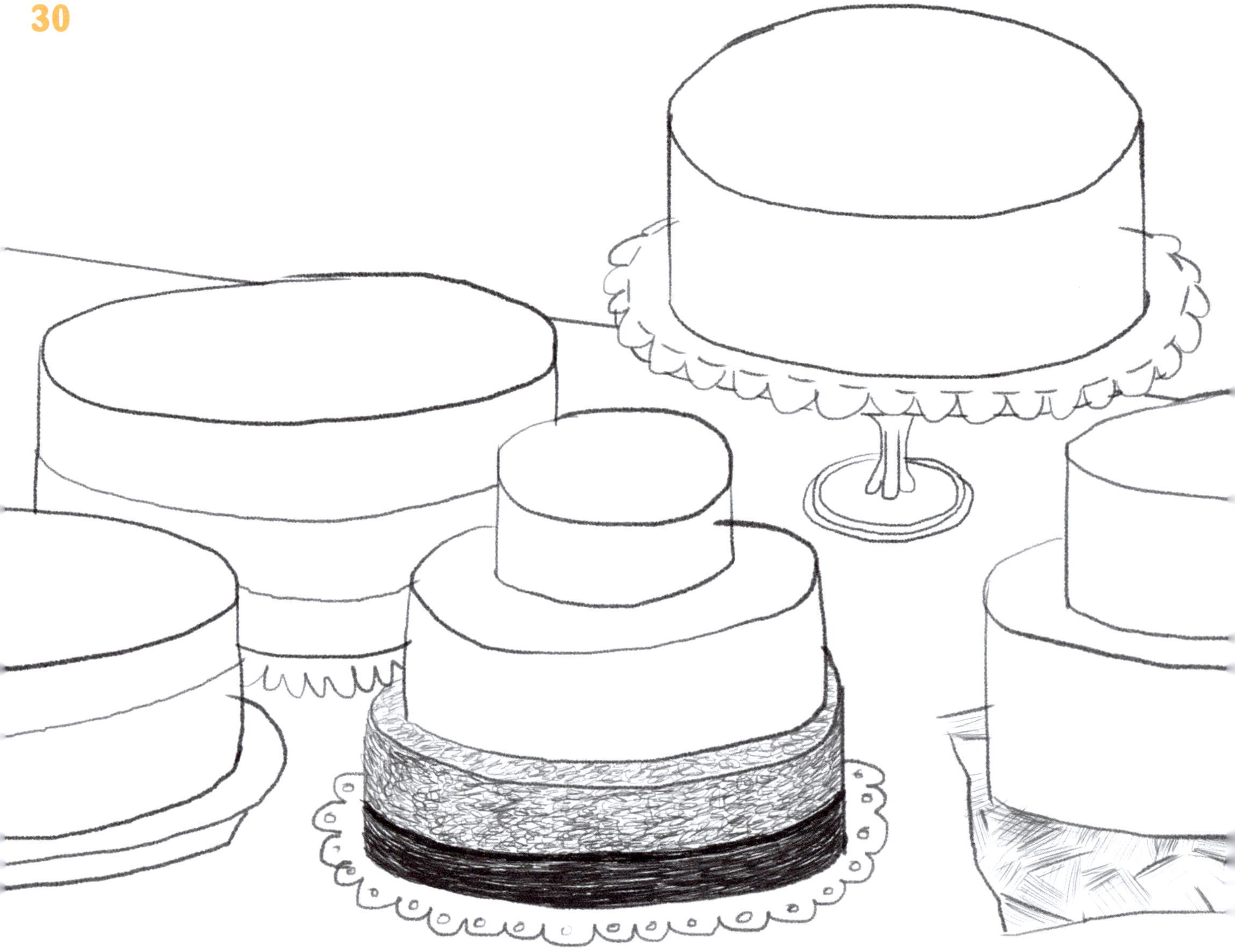

"我也是这么想的。"托马斯表示同意。他在自己的一只口袋里翻找了一下，又翻了另一只。"给你！"他拿出一枚硬币，把它塞在甜点师的手中。"我就只有这个了。够不够呢？"

"当然，从来没有人给过我任何东西来换蛋糕。"甜点师脸上绽放出了甜美的笑容。

"你们想要什么样的蛋糕？"

"有杏仁糖和小花的水果蛋糕。"艾格尼丝叫道。

"要撒上一些巧克力圈圈。"托马斯补充道。

"还要在边上装饰一些用可以吃的纸做的邮票，这样的话集邮家也会喜欢的。"艾格尼丝说道，她没忘记之前的会面。

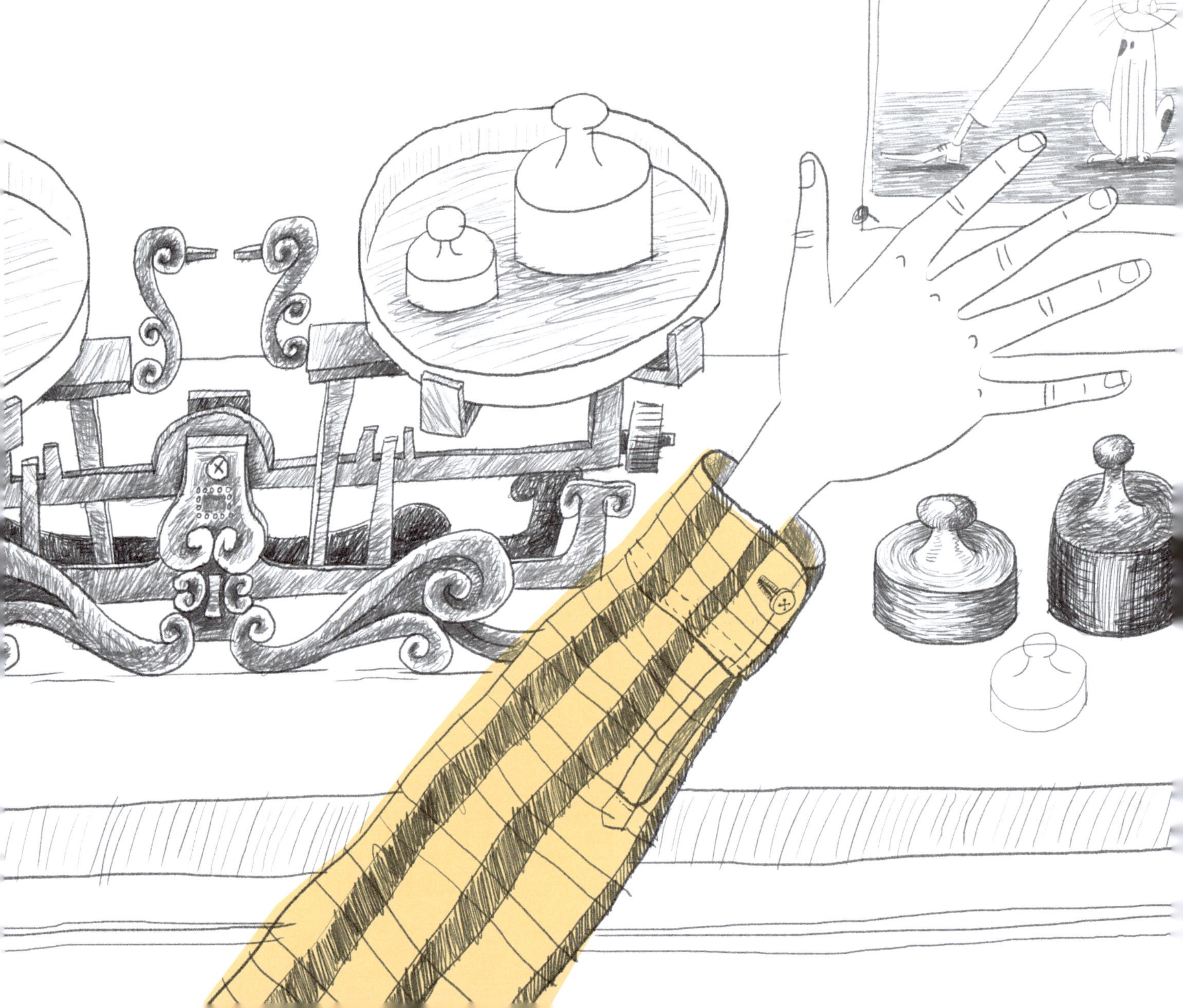

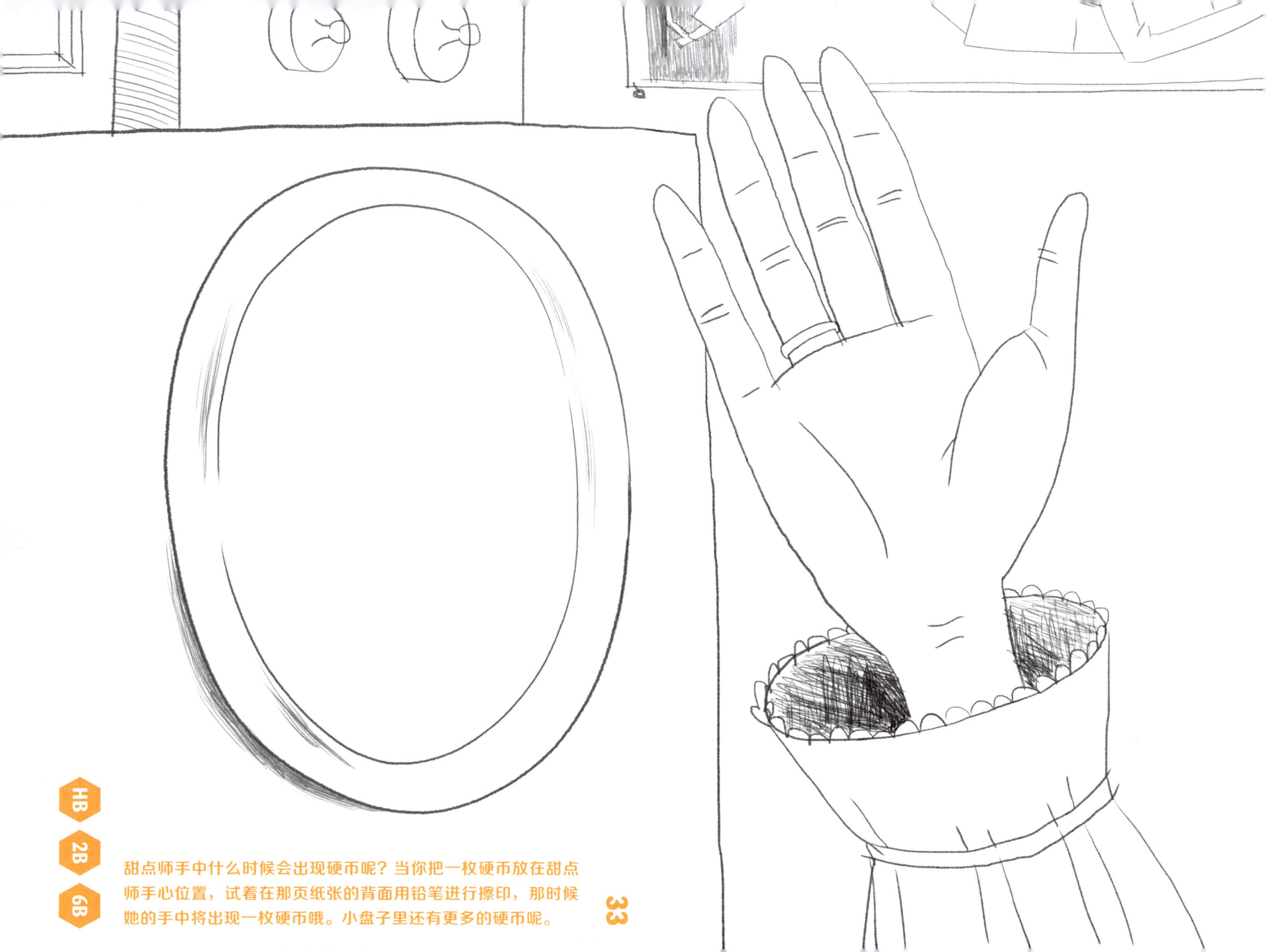

甜点师手中什么时候会出现硬币呢？当你把一枚硬币放在甜点师手心位置，试着在那页纸张的背面用铅笔进行擦印，那时候她的手中将出现一枚硬币哦。小盘子里还有更多的硬币呢。

HB 2B 6B

“太好了，太好了，太好了。”甜点师非常开心。她激动地在厨房里忙东忙西，准备原料，揉面团，削水果，撒糖粉，擀面，切蛋糕，进行装点，然后蛋糕就做好了。蛋糕看上去美极了，而且味道很棒。

动手准备你自己的蛋糕装饰吧。别忘了，你要做一个无与伦比、独一无二的蛋糕。

艾格尼丝在用餐巾擦嘴，而托马斯大口吃着他的第三盘蛋糕。这时他们听到走廊里的脚步声正在不断靠近。

“空心男！”甜点师害怕地喊道，“快把东西都藏起来！”

她一定是看到了年轻客人们脸上惊讶的表情，于是解释说：“他是个怪物。他可怕的凝视使你寒彻入骨。他不喜欢任何让人兴奋和愉悦的事物。当靠近他的时候，我的大脑一片空白。”接着她把声音压低了一点说道：“我想大多是因为他的缘故，我才失去了顾客。”

幸运的是，走廊里的脚步声渐渐远去。甜点师迅速把一部分蛋糕装进盒子里，然后忧伤地说道：“你们最好走吧，遇到他可不是一件开心事。”

孩子们站在了走廊里，那儿空无一人。哎，他们如释重负地叹了口气。但空心男的压迫感仍弥漫在空气中。砰！大窗子的百叶窗猛然关上了，走廊一下子陷入了黑暗中。

“托马斯！”艾格尼丝叫出了声。

“在这儿。”她的朋友回答道，并抓住了她的手。

2B 4B 8B

当孩子们四处摸索时，他们看到黑暗走廊里各种物件的轮廓。他们看到了什么？

“地毯！”她坚决地小声说道。艾格尼丝在地板上用脚摸索了一会儿，然后找到了她要找的部位：地毯的边缘。因为地毯会把他们安全的引向走廊另一边的小门。当他们靠近小门的时候，能看到钥匙孔发出的光刺破了黑暗。

他们急切地想从黑暗中逃出来，所以门也没敲就走了进去。一道亮光让他们睁不开眼。过了没多久，他们发现自己站在四级石头台阶的最上层，下面是一个巨大的、满是阳光的温室。

“哈，我藏在哪儿呀？”一个声音从某处响起。

“你说什么了吗？”托马斯转向他的朋友。

“不是我，有人躲在这儿呢。”艾格尼丝开始绕着摆满花盆的长长的架子跑了起来。

温室里从地板到天花板到处都是各种形状和尺寸的多肉植物，有的有毛、有的光滑，有的开花、有的没花，有的长尖刺、有的长绒毛。

“动作快点，不然我就出来了！”那声音不耐烦地警告他们。

“我好怕呀。”托马斯边说边做鬼脸。艾格尼丝则在开心地捉迷藏，她像一只白蝴蝶一样在温室里跑来跑去，大喊道：“等着吧，快抓到你了！”

但她没抓住，艾格尼丝跑了半个钟头还一无所获。有个女人满面容光的从她的藏身处现身。

“你根本逃不掉。”托马斯先开了个玩笑，然后再有礼貌地向她打招呼。

“我叫欧彭缇娅，快来看看我的小心肝、小宝贝们。它们真是无与伦比。它们有时像刀片一样可怕而锋利，有时又像羔羊一样柔软而温顺。你们得知道怎么与它们相处，不要过分靠近，要小心谨慎地对待它们。”

“这个女人在说谁呢？”托马斯不解地问道。

“在说仙人掌呢。”艾格尼丝扑哧笑道。她饶有兴趣的看着各式各样的植物，它们都是疯狂的仙人掌栽培师种的。

托马斯不由自主地看着那个身材高大、蓄着胡须、头发稀疏、穿着毛背心和花裙子的女人。她有一双热诚的眼睛，正温柔地抚摸着那些多刺的植物，满怀喜悦地看着新开的花朵。

“你不怕空心男吗？”他直截了当地脱口而出。

欧彭缇娅沉默了一下，然后回答道："他曾对付过我，这个扫兴的人。他真是一个彻头彻尾单调乏味的人。但他没有得逞，他的把戏在我这儿没用。阳光让每个人都心情愉悦，但他可能不在意这些。”

“真可惜，一直怨天尤人可不好。我就会试着让大家开心。”

“我相信你会的，小姑娘。”他们的新朋友笑着说道，她正在用一朵巨大的黄花给艾格尼丝装扮头发。

“你想吃蛋糕吗？”托马斯正想问。

“非常想！”那女人根本不需要他问，就已经在翻蛋糕盒了。在她的大手里，一片蛋糕就像一块巧克力，接着就像糖果一样消失在嘴中。

“抽空去拜访一下甜点师吧。她如果知道你这么喜欢蛋糕，一定会很开心的。”艾格尼丝建议道。

“好吧，我可不敢这么说。”托马斯小声的说。他正伤心地看着空蛋糕盒子的底部。

“你们应该去看看空心男，或许可以让他开心起来。”

欧彭缇娅说完这句话就消失在了仙人掌丛中。

HB 2B 4B

我们终于可以好好看看仙人掌女士了。她是一个热诚的人。

他们走出温室，来到一个废弃的花园里，周围高墙耸立。野草中间有一条石头小道，由大大小小各种颜色的扁石头铺成。小道一路通向花园最远端，那儿有一座被墙围起来的瞭望塔。经过刚才的大雨后，那儿居然很温暖。

“我们出发吧？”艾格尼丝问道。

“去那边吗？”托马斯问，尽管他很清楚答案是什么。

“对，你听到欧彭缇娅说的了。”

“我的确听到了。”

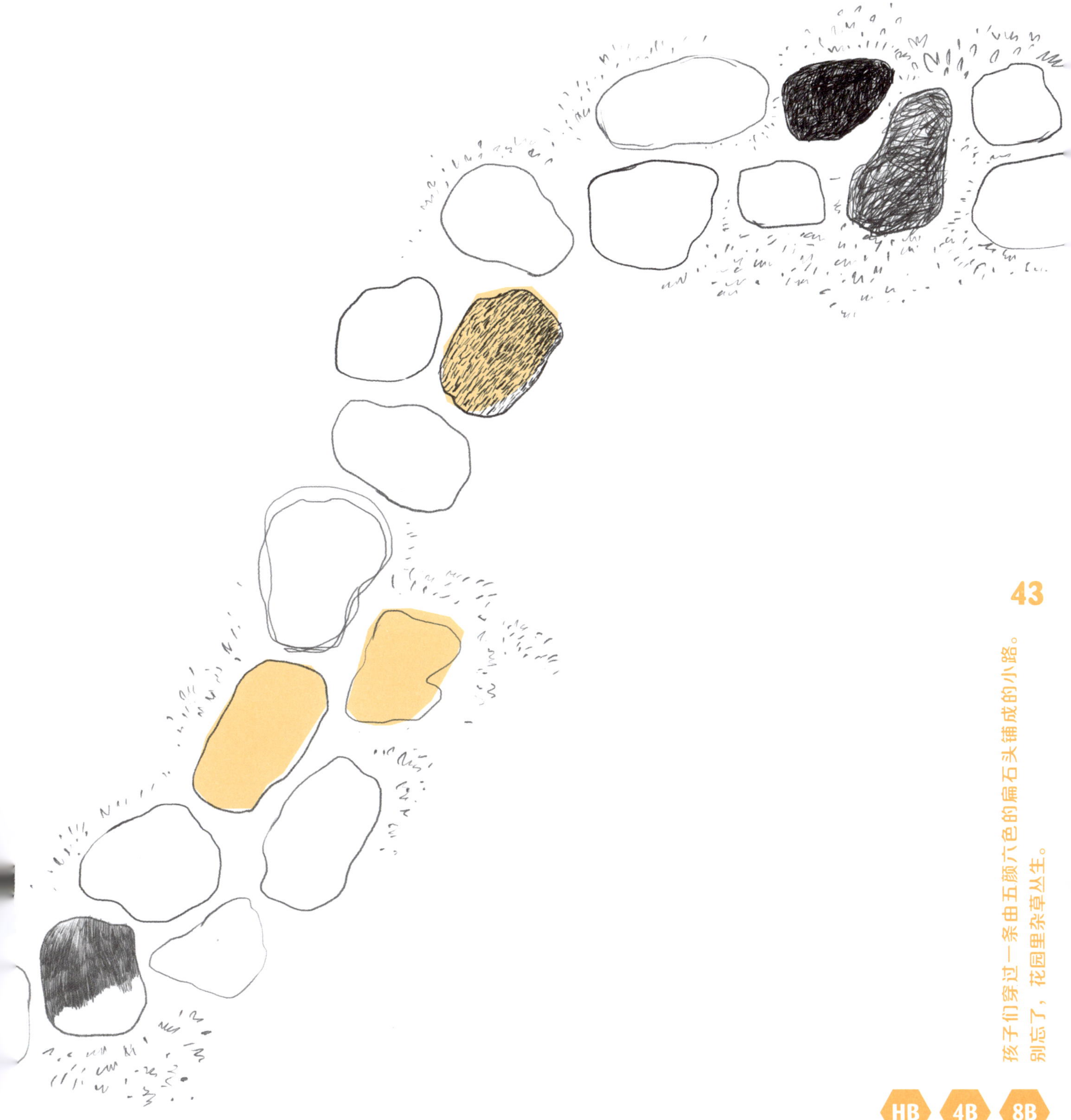

43

孩子们穿过一条由五颜六色的扁石头铺成的小路。
别忘了，花园里杂草丛生。

HB 4B 8B

他们站在一个圆形的石头瞭望塔前。托马斯又打开了一扇门，他也不知道自己为什么这么做。这门又窄又重，上面点缀着金属配件。他不得不用力推开。

他们走了进去。窗户小小的，光线很暗。在这个无棱角的房间里，只有一道盘旋而上的陡峭楼梯，这楼梯一路通向他们头上的好几层。

“一共有多少台阶呢？”托马斯纳闷着。

“一、二、三、四……”艾格尼丝边向上走边数着。

“别说话，你把我搞糊涂了。”五、六、七，托马斯悄悄数着，艾格尼丝也不出声了。但过了一会儿，托马斯意识到不应该这么安静的。这种压迫感比大声喊叫还要可怕。他们都停下来站着不动，忘了自己数了多少级。

“你们还要花多长时间上来？”头上传来一个冰冷的声音。

木头台阶消失在圆形瞭望塔下方的黑暗中。台阶上可以看出木头的纹理。

2B 4B 8B

2H HB 4B

我们终于见到空心男了。他的脸由笔直的线条组成，
充满了绝望和无奈。

空心男深陷在一把扶手椅里，他苍白的面孔上满是无奈，仿佛已经不对生命中的任何事情感到激动。孩子们开始紧张起来，当空心男开口的时候，他们更紧张了：

“你们终于来了，花了很长时间啊。你们在这儿跑来跑去，为各种琐碎小事感到开心，对别人产生不切实际的期盼，这些都毫无意义啊。世道变了，如今没什么好东西了。”

“你为什么这么想？”

“过去的公园如今成了停车场；面包尝起来像泥巴一样；人们崇拜那些可悲甚至可鄙的人。到处都是愚蠢的想法、骗人的把戏和虚荣的心态，我讨厌这一切！”

空心男站了起来，向孩子们走来。他用冰冷的目光打量他们，平静的说道：“我要夺走他们的想法，这样他们就不会再想出什么傻主意了。那迷雾就有这个作用，日复一日，步步推进。它已经开始起效果了。”

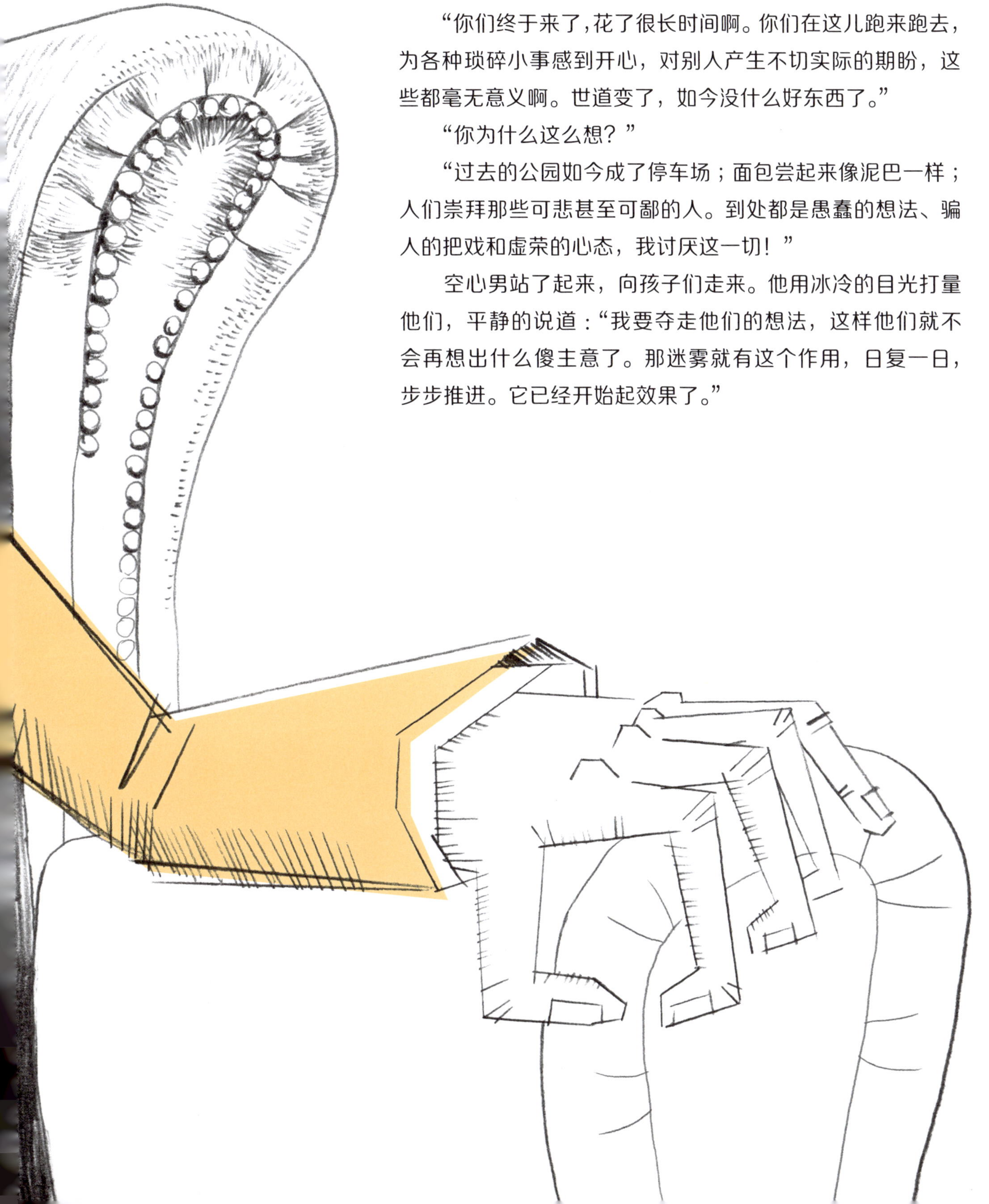

“你在说什么！这是我听过的最胡说八道的话，”托马斯十分生气地表示反对，“你这办法什么也解决不了。或许你能阻止坏事发生，但好事也不再会发生了！”

“好事？”空心男的脸愤恨地扭曲起来，“我已经好多年没听到过什么好想法了！每个人都只顾着自己。”

“我为你感到悲哀，”艾格尼丝加了一句，“你看不到周围美好的东西……”

“看看周围吧，已经没有什么好东西了！”充斥着绝望和疲惫的空心男批评着孩子们。他笨拙地回到扶手椅那儿，然后说道：“别再打扰我了。你们真天真、真幼稚……”

“那或许是因为我们是孩子，”托马斯打断他道，“而且你错了，美好的事物还存在。或许它们只是一些小事，但这也足够了。我们每天都很满足，因为我们自己决定什么是开心的事情。如果我们搞砸了，那就努力去改正。我们不会像你一样放弃！”接着他转向艾格尼丝，生气地说道：“我们走吧，待在这儿毫无意义。”

“走？”空心男爆发出了笑声，“你们认为我就这样让你们走了吗？”居然会这样，我早该料到的，托马斯想着。可怕的想法在他脑海中闪过。

HB 4B 8B

托马斯想象着最坏的情况，他想到了什么呢？

艾格尼丝也不太高兴，但这时空心男又做了件出乎他们意料的事情。他给了他们一本小笔记本。

“我给你们一个机会。你们给我写十条好主意出来。如果你们通过了，那我就放你们走。”

“第一条是？”艾格尼丝抬起了她的眉毛。

“给你的朋友写封信，这会让他或她开心。”托马斯不假思索地说道，他胸前的口袋里还放着双翼飞机的邮票呢。

“有时候生活也需要甜蜜一下。”艾格尼丝说道，她想起了亲切的甜点师。

“阳光让每个人都心情愉悦。”托马斯写着，他记起了藏身于仙人掌之中的欧彭缇娅。

“去了解新的地方是一件有趣的事。”艾格尼丝建议道。

“哦，你真是无可救药。”托马斯笑着说，他还没来得及把这句话写完，就发觉自己也赞同艾格尼丝的观点。

对于这两个好朋友来说，写几个好主意完全没有难度。他们甚至享受起了这过程。但他们也在偷瞄空心男，看他是不是接受这些主意。

“嘿，他睡着了，”艾格尼丝注意到，“我们还有多少要写？”

“我来写第九条：‘如果你不想要，’”，托马斯口述着，“‘那就说不。’”

“嗯，这是大实话。我不想被他留在这里，我们走吧！”

艾格尼丝瞬间做出了决定，然后开始往楼梯下面跑。

托马斯也心照不宣。

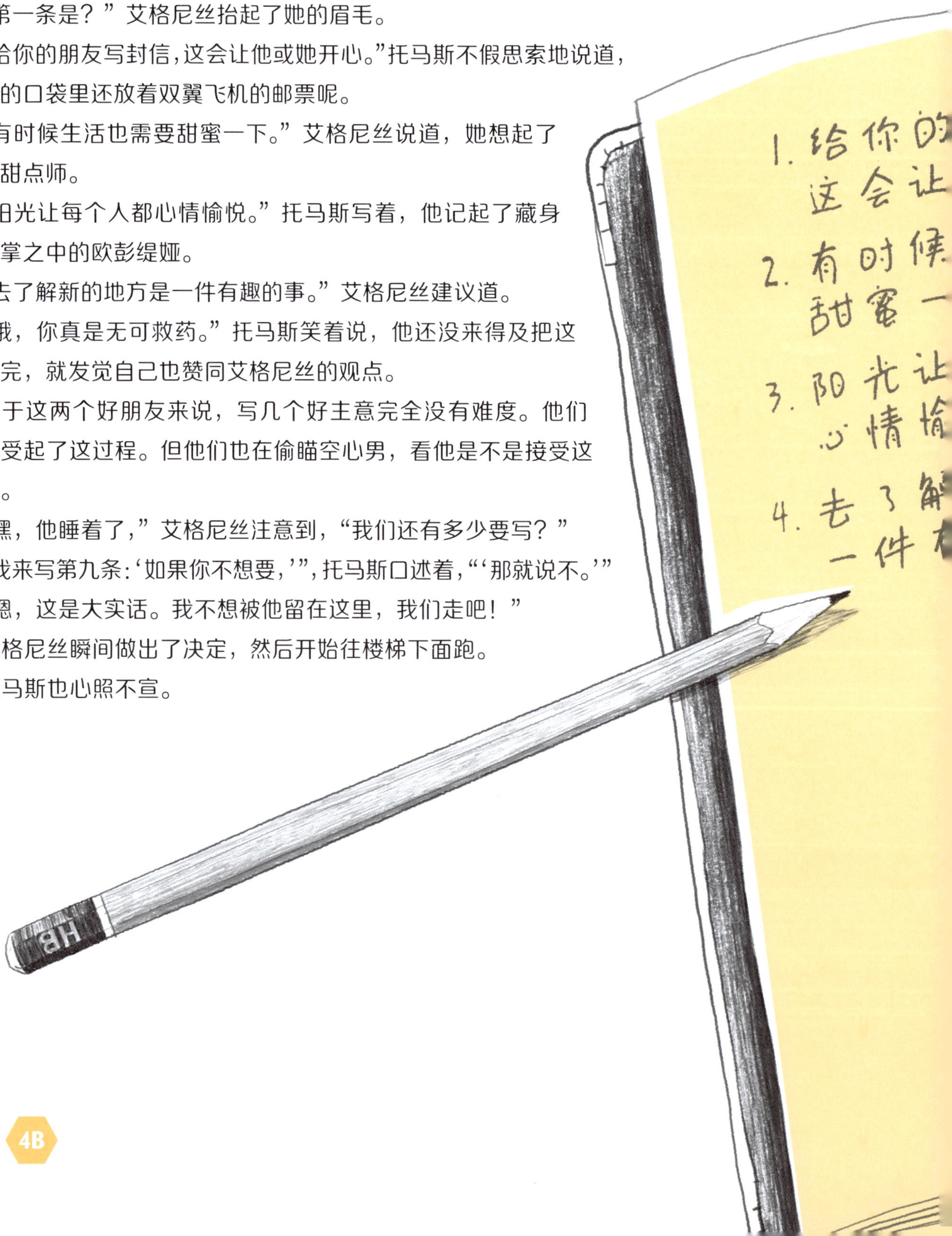

1. 给你的
这会让
2. 有时候
甜蜜一
3. 阳光让
心情愉
4. 去了解
一件
HB

帮孩子们想一些好主意吧。你有什么想法吗？现在应该有九条了。

HB 2B 4B

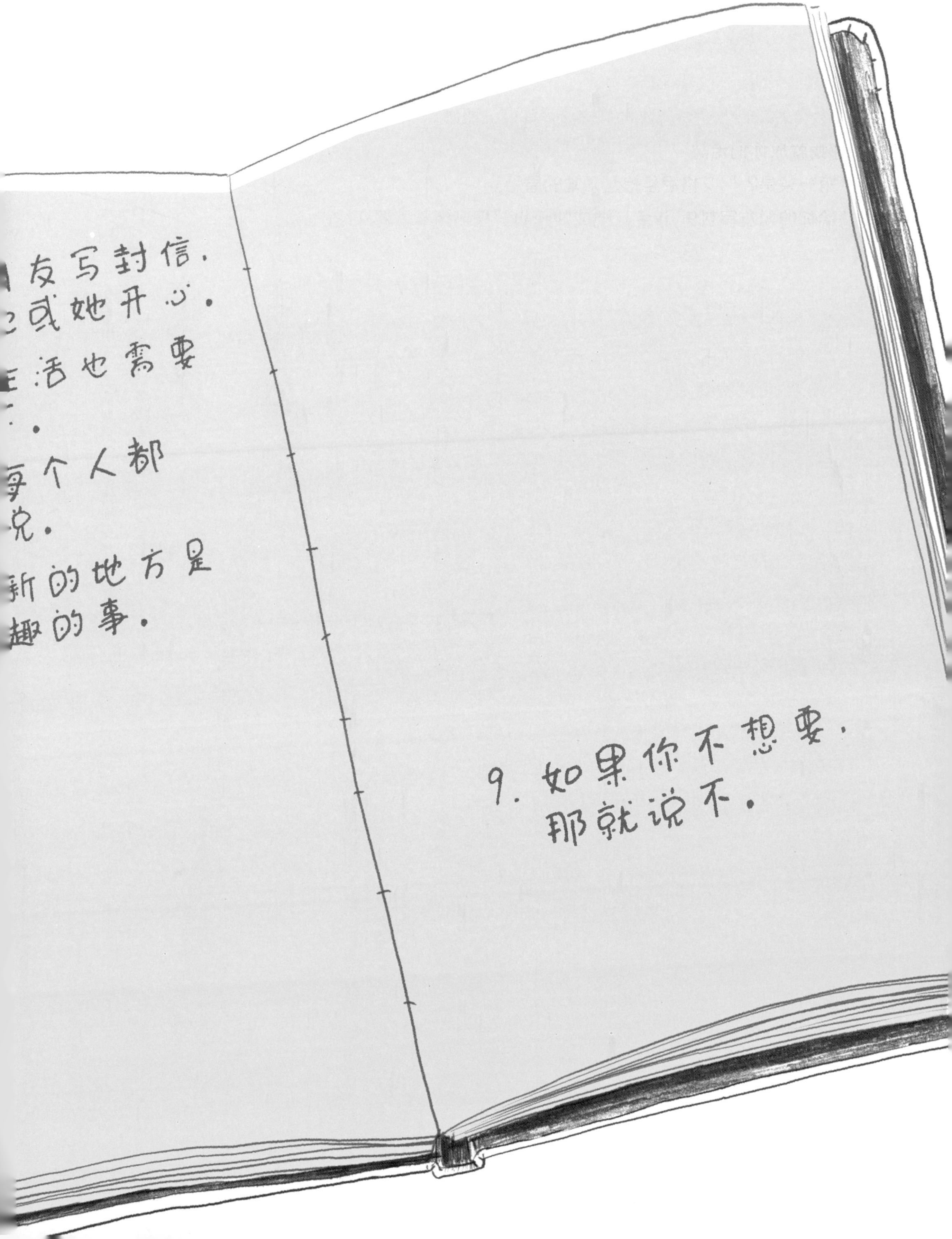
友写封信，
或她开心。
活也需要
。
个人都
新的地方是
趣的事。
9. 如果你不想要，
那就说不。

他们悄悄地下了楼梯。每次踩到吱吱作响的木头时，他们都屏住呼吸。但空心男似乎睡得很死。他们站在了门前，然后转动把手。门锁了。

艾格尼丝垂头丧气了起来。“现在我们完蛋了。”

“噢，不，艾格尼丝，你不会想放弃吧？”

“你没有钥匙吧？”

托马斯把手伸进了他的口袋里，狡黠地说道：

“我们还等什么呢？”

53

托马斯的口袋里全是宝贝，它们关键时候都能派上用处。
在他的口袋里装满钥匙吧，托马斯会选出正确的那把。

HB 4B 6B

他们打开门，跑进花园里。现在去哪儿呢？走出大门？还是往回走？我们刚开始进来的房间在哪里呢？

“你们认为可以摆脱我，是吗？”一个熟悉的声音让他们待在原地。空心男沿着石头小路走了过来，手里拿着他们逃走前放在桌上的笔记本。“你们觉得这些是好主意？”

“嗯，对我们来说是好主意。”托马斯坚定地说道。

“第十条没写，”空心男严厉地说，但他的目光不像之前那样严肃和茫然，“我在等着呢！”

“家是最好的地方！”两个好朋友异口同声地说道，他们惊奇地看到空心男爆发出欢快的笑声。

“你们说服我了，”空心男用几乎察觉不出的动作在艾格尼丝面前的地上召唤出一阵旋风，“女士优先。”

空气柱越变越大，接着托马斯面前也出现了一模一样的一阵旋风。两道巨大的龙卷风把孩子们卷起，裹着他们到了空中。地上只剩下长筒袜和头巾。

“旅途愉快！”空心男祝福他们。

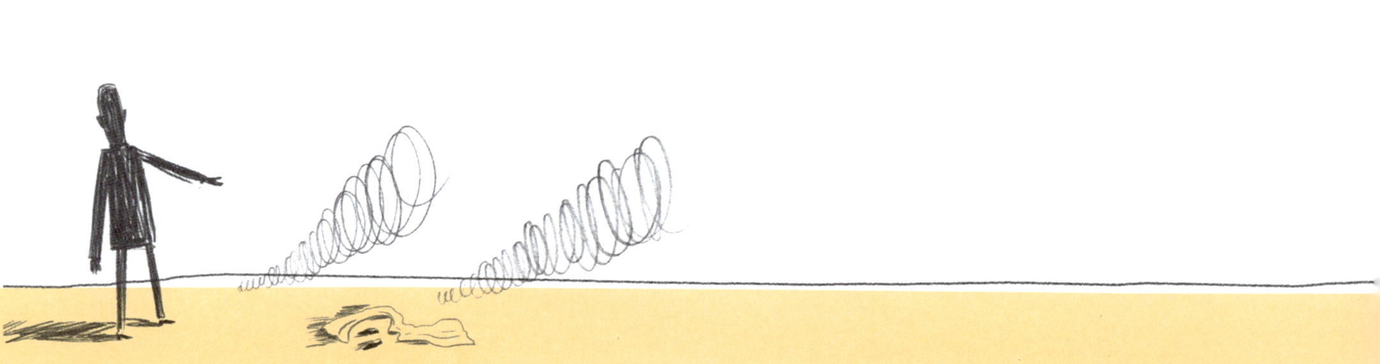

龙卷风越来越大，从刚开始的小旋风慢慢变成大风。

HB 2B 6B

托马斯立马认出了他朋友房间里特有的味道。但他也察觉到那儿还有什么别的东西，原来是艾格尼丝的妈妈给他们端来了热可可和苹果馅饼。

“你想从早到晚穿着睡衣吗？”她问自己的女儿，“我给你们带来了苹果馅饼。吃得开心。”

两个好朋友看了对方一眼，脱口而出：“好主意！”随后他们笑倒在地毯上，艾格尼丝笑得实在太厉害，都开始打嗝了。妈妈本是个见过世面的人，但实在不知道苹果馅饼有什么好笑的。所以她只能说：“看来今天你们会很开心啊。”

在《穿越神秘屋》中完成插画

只要准备一支普通的铅笔，你就能开启一段非凡的冒险。你可以涂抹阴影、填充、涂写、划线、涂点、画圆，然后就可以欣赏自己的成果了。注意一下不同硬度的铅笔会留下不同的痕迹。另外斜着涂铅笔的时候，不同的角度能产生不同的效果。你也可以练习用不同的力度画图，看看画出来的线条是深是浅。当你为本书画插图的时候，要试着用一下这些技巧哦。书中有关于插图的详细说明。页边空白处六角形里的黄色文字会告诉你用哪种铅笔合适，旁边的文字也会提示你怎么画。你也可以试着找一下自己的办法来完成任务。你想怎样都行！

请注意一下铅笔末端的标记，这代表了笔芯的硬度。用软铅（从 2B 到 8B）画的线条更深更厚实，风格上更为柔和。但要小心，如果你轻轻擦一下表面，很容易就把线条的边缘抹花了。所以请垫一张白纸，在你画图的时候把手隔开，这样就不会把图画擦模糊了。如果你用硬铅（2H、HB），那画出的线条会更轻盈、锐利和纤细。

在你开始画之前，要搞清楚几个字词的意思。

“**点**”是指你用铅笔触碰纸张时留下的记号。一个点可浅可深，取决于你如何使用铅笔以及施力的大小。你可以把一块区域都涂上点。根据点的密集程度，这块区域可以看上去很浅，也可以很深。

“**线**”是指铅笔在纸上移动留下的痕迹。线可以是直线、折线、曲线，或是缠绕在一起；可以是连续的，也可以是中断的；可以很重，也可以很轻；可以很平稳，也可以是抖动的；可以激情四射，也可以谨小慎微。如果你正确使用各种线条，不仅能描绘出物体的轮廓和形状，还可以表现出结构、质感等。

“**线条填充**”是一种用线填满一个区域的技巧。线条可长可短，颜色可深可浅，间距可大可小。线条可以是同一个方向的，也可以是不同方向的，或是相互交叉的（甚至交叉多次）。填充技巧可以用来表现光线和阴影，也可以描绘结构、表面和质感。

“**明暗法**”用于表现物体的亮面和阴影。用此方法可以描绘出物体的形状和大小。最常用的方法被称作连续明暗法，指的是用不同程度的灰色阴影填充空间。但亮面和阴影也可以用线条填充和涂点的方式来表现。另一种描绘物体形状和表面的方法是擦印法。把一个有清晰浮雕花纹的物体，比如硬币，放在一张纸的下面，然后轻柔地用铅笔笔芯的侧面在纸上擦，这样就能画出物体的形状和表面。

个人任务清单

8 为了画出托马斯脚下紧绷的绳索，最好把几根悬浮的长线条缠绕在一起，用以展现绳索的样子。

11 艾格尼丝在黑色的瓷砖上跳来跳去。你可以用线条填充的方法来画，可以把空白的格子用粗线涂满。地板上黑白相间的瓷砖就如同象棋棋盘一样。

13 艾格尼丝在梳头。梳子后面的头发已经理顺绷直了，但还没梳到的头发仍是波浪形的，甚至是乱糟糟的。如果你研究一下自己的头发，就会发现头发的粗细和颜色会不一致。也这样画艾格尼丝的头发吧。

15 墙纸上的图案有残缺。门右边的墙上可以看到图案，但你可以自己决定是不是其他地方的墙纸也是一样的。

16 长走廊地上的地毯上全是各种图案。有些图案浅，有些深，似乎是用不同的材质缝起来的。使用不同的线条来描绘它们吧，可以再配上一些深浅不一的阴影。

19-21 画出其他人物吧。你可以根据自己的想象来为他们决定长相和穿着。他们的发型都很奇特。你可以用各种线条来画他们，可以用厚重的、轻盈的、平稳的或是抖动的线条。他们的头发可以是直发、大波浪、小卷，可厚可薄。

22 大雨似乎把他们周围的世界溶解了。无数小线段从天而降，方向自上而下，用它们来画出人物、雨伞和背景里建筑的轮廓吧。先用硬铅画出街上的人物，然后用软铅使画面显得更厚重。人行道上的水自然地水平流动。

25 集邮簿的封面各式各样，有的粗糙、有的光滑，有的浅色、有的深色，有的有图案、有的没图案。你可以用线条填充法来画它们。你也可以涂上不同密集度的点，用图案和字母来装饰封面。你还可以调整用笔力度来画出光影的层次感，当然也可以使用不同硬度的铅笔。穿堂风把邮票吹得满屋子都是，把这景象画完整吧。

27 邮票还在空中飞舞，它们方向不一，还互相重叠。给每一枚邮票都想一个票面吧。想一想邮票上通常会画什么，另外别忘了上面还有世界各地的文字。

28 集邮家是一个老人。他的手近看会是什么样的呢？画出他手上的皱纹、汗毛和突起的血管吧。用明暗法让手看上去更立体。观察一下你周围老人的手，找一下灵感。

30 画一下蛋糕坯子，让我们能看出它们是巧克力味的、海绵的或是香草味的吧，再配上坚果和葡萄干等。试着表现一下它们的颜色、构造和圆形的形状。如果甜点师的桌上还缺了什么东西，就补齐吧。

33 甜点师的手上是不是有一枚硬币？付给她一枚真正的硬币吧。当你把一枚硬币放在甜点师手心位置，试着在那页纸张的背面用铅笔进行擦印，那时候她的手中将出现一枚硬币。硬币的形状和表面的图案会被涂出来。这方法叫擦印法。在甜点师的小盘子上用不同的铅笔试一下，看看哪种铅笔最适合这个技巧。

35 这儿有小纸杯、纸卷和盒子，涂上阴影，让它们看上去更立体化吧。它们里面全是各种好东西，不然怎么装点蛋糕呢？在纸卷里填满东西吧。接着你可以开始装饰蛋糕了。别忘了这是一个独一无二的蛋糕，从来没有人见过这样的蛋糕。

37 当你突然身处黑暗之中，你最开始只能看到周围一片漆黑。但随后你的眼睛开始习惯黑暗，就能区分物体的轮廓了，比如门和窗的形状。还记得走廊是什么样子的吗？试着用灰色和黑色的阴影来涂满画面吧，不要用线条。

38 把仙人掌栽培师的王国画完整吧。记住孩子们看到了什么，以及欧彭缇娅是怎么描述她的小宝贝们的。别忘了仙人掌有各式各样的形状，有的有尖刺、有的有绒毛、有的还有出彩的花朵。试着用不同硬度的铅笔找出最合适的线条轻重吧。用明暗法画出圆形的花盆。

41 欧彭缇娅有哪些特征？她的穿着是怎么样的？她为何让人觉得热诚、欢快和活泼呢？画她不难吧。

43 花园小道上的扁石头由各种材质组成，因此它们有着不同深浅的灰色阴影。试着画一下它们不同的表面吧，这些石头有的光滑、有的粗糙、有的凹凸不平，还有一些石头的表面是磨砂状的。你也可以把杂草丛生的废弃花园画完整。

44 孩子们顺着螺旋形的楼梯往上爬。从上往下看，一级级台阶渐渐消失在了黑暗中。前方木地板上的纹理清晰可见。用合适的线条画出空心男居住的圆形塔吧。

46 我们终于见到了空心男。他表情严肃而且寡言无理，整个人充斥着绝望、无奈、悲哀和空虚。所以试试看拿画直线来勾勒他的脸庞吧。你从这幅画中得到了什么印象？

49 深色的背景反映了托马斯不幸的想法。托马斯想象着什么最坏的情况呢？你害怕什么？

50 你有什么好主意吗？你的好想法对别人来说可不一定是。但你一定能想出一些能让我们开心的小事。有什么事能让不同年龄和性别的人都开心呢？帮艾格尼丝和托马斯在笔记本上写下他们的好主意吧。

53 在托马斯的口袋里装满各种宝贝吧。可以用擦印法涂出回形针、扁纽扣、小梳子，特别要涂一下扁平的钥匙。没有你的帮助孩子们就逃不出圆形的瞭望塔。接下来你可以用线条填充托马斯的牛仔裤。

55 龙卷风在空心男面前拔地而起。它们刚开始十分轻柔，难以察觉，但随着旋风不断增强，螺旋形的线条也可以画得更深。

橙梦想 · 小小插画家大赛

“我眼中的美好”暨中捷少儿文化交流特别活动

你完成书中的插图创作了吗？祝贺你！你不仅拥有了自己独一无二的作品，还可以报名参加“橙梦想 · 小小插画家大赛”！

“橙梦想 · 小小插画家大赛”面向 16 岁以下少年儿童，旨在为世界各地的孩子们搭建一个艺术启蒙和创作的舞台，是一个具有国际影响力的年度少儿艺术文化交流活动。

2019 年正值中国和捷克建交 70 周年，为促进中捷两国少儿文化艺术交流，首届大赛的创作主题以本书故事为背景，围绕“我眼中的美好”进行主题创作。当你投入于完成故事任务的过程中，是否感受到了自己身边那些欢乐美好的瞬间呢？你愿意怎样用画笔来表达自己眼中那独特而美好的世界呢？

如果你的作品入围，除了可以获得由捷克驻沪总领事馆总领事先生与大赛主办方联名签发的证书，你还将受邀参加国际插画大师的面授课程，你的作品更有机会被结集出版并在中国上海国际童书展期间获得展出哦。

来，拿起笔，一起来画出你“眼中的美好”吧！

了解大赛信息，请扫描左侧二维码；

或联系：littleillustrators@126.com

本书作者，亦是杰出的教育家和特殊的语言治疗师，她的研究和工作侧重于培养孩子的沟通技巧。2009年以来创作出版了多部儿童著作，荣获“金丝带”、“白乌鸦”等多个国际儿童图书奖项。

埃丝特·斯塔拉

本书插画作者，有着多年的艺术教育工作经历和各类绘本插图创作经验。他是捷克插画家及文化协会会员，致力于艺术创作、为儿童杂志撰稿、组织暑期艺术工作坊，并参与展览项目。荣获捷克“教育、青年和体育部长”奖、2019“金丝带”奖。

米兰·斯达里

这是一本必须由你来画完的书。来，拿起笔，跟着书中两位小主人公一起经历一趟奇妙的穿越之旅。

阅读此书的你将被邀请到这个故事创作中，因为书里二十多个插图只出现了一部分，还有一部分未完成，需要你来完成它们，故事的每个场景都是可以发挥想象力的地方。本书最后有任务说明和绘制插图技巧的提示。

当你把书里的插图画完整后，就可以自豪的在这里签署你的姓名！祝贺你，成为这本书的联名创作者啦！

插画师：

图书在版编目（CIP）数据

穿越神秘屋：这是一本必须画完的书 /（捷克）埃丝特·斯塔拉著；（捷克）米兰·斯达里绘；许照人译. —上海：文汇出版社，2019.9
ISBN 978-7-5496-2938-1

Ⅰ. ①穿… Ⅱ. ①埃… ②米… ③许… Ⅲ. ①儿童故事 - 图画故事 - 捷克 - 现代 Ⅳ. ① I524.85

中国版本图书馆 CIP 数据核字（2019）第 152924 号

上海市版权局著作权合同登记号：图字 09-2019-636 号

穿越神秘屋：这是一本必须画完的书
（捷）埃丝特·斯塔拉 著
（捷）米兰·斯达里 绘
许照人 译

出 版 人：周伯军
选题策划 / 出版统筹：王 艳
责任编辑：张 涛
特邀编辑：邵 旻
设计排版：上海袁银昌平面设计工作室
市场推广：公 涛 江娱德

出版发行：文匯出版社
印　　刷：深圳市国际彩印有限公司
版　　次：2019 年 9 月第 1 版
印　　次：2019 年 9 月第 1 次印刷
开　　本：889×1194 1/16
印　　张：4
字　　数：50 千字
ISBN 978-7-5496-2938-1
定　　价：49.80 元